JN313094

# 二都物語

斎藤紘二

思潮社

# 二都物語　目次

Ⅰ　ヒロシマ

## Ⅱ　ナガサキ

Ⅲ　二都物語



装幀写真＝「溶けた六本の瓶」（長崎原爆資料館蔵）

# I　ヒロシマ

# ヒロシマ

I

ひもじさをこらえて
戦いの日々を生き延び
まずしい夕餉の食卓を囲むことが
もし家族のささやかな喜びであったとして
その喜びも今はすでに昨日のまぼろし
悲しみが今日の不条理からうまれ
絶望が明日からのさだめとなれば

生き残った者にはもはや希望の欠片《かけら》すらない

焦熱地獄のなかで襲う恐怖よ
叫ぼうとしてついに声は出ず
きみたちの涙はすぐに空しく涸れて
喉はひりひりと渇き　しかし飲む水はなく

顔と腕の皮膚はみにくく焼けただれ
変わり果てた姿のまま
きみたちは廃墟となった街を
道に横たわる死体と
瀕死のひとびとを避けて歩きながら
言葉もなく　ただ
そのまま死ぬことの無念のなかで
死にたくない　死んではなるものかと
歯をくいしばって生きながらえた

だから　いまぼくは願う
生き残ったきみたちこそが
希望という名のジグソーパズルの
ひとつひとつの断片《ピース》になれと

2

悲劇が始まったその日
世界の通信社のタイプライターは
朝からいっせいに躍動し
アトミック・ボミングのニュースが
世界中を駆け巡った
広島がヒロシマになったのはそのときだ

その日　午前八時十五分
太陽よりも明るい光にきみたちは目が眩み

時代に対して盲目であった者の多くは
その光になすすべもなく斃《たお》れた

それからやがてきみたちは敗北を知る
空が青く晴れた八月なかばの真昼
ラジオから流れるくぐもった声とともに
きみたちは敗北したのだ　そして
敗北のあとできみたちは思い知る
戦うことには何の意味もないのだと
人と人　国と国とが争うことには
何の意味もないのだと

それを知ったきみたちに
もし信念があるなら　そしてさらに
戦う愚かさに気づいたきみたちに
ほんの少し勇気があるなら

広島がヒロシマに変わったことの
本当の意味を語るがいい

　核は世界のひとびとを
　等しく不幸にするものだと

日本人なら誰でも知っている
そんな当たりまえのことを
世界がきみたちに耳を傾けるまで
何遍でも　何遍でも語るがいい

＊アトミック・ボミング　原爆投下

# 鳥の歌

火柱を上げた空と、記憶のなかで凍りついた鳥たちに

あの日から鳥たちは空にいない
あの八月の朝から鳥たちは空にいない
鳥たちにとって最も安全なところ
空の高みで鳥たちは怯えたのだ

怯えるな　鳥たちよ
おまえたちより高く上った火柱は
もう二度とおまえたちを脅かしはしない
このヒロシマの空のどこでも

ぼくらは鳥たちに誓う
空のどこにも
地上のどこにも　もはや
おまえたちを脅かすものはないと

鳥たちよ　いつの日かのびやかに飛ぶがいい
茶臼山よりも遥かに高く
太田川にその羽を映して
鳥たちよ　いつの日かゆっくりと舞うがいい

鳥たちがいなくなったあの日から
ぼくらはずっとひとつのことを考えている
空には鳥たちがいなくてはならないと
空では鳥たちが歌うものだと

# 千羽鶴

鶴を折るな
折紙で鶴をつくるな
鶴は羽ばたくものだ
遥かヒマラヤの峰々よりも高く
その金属質の鳴き声を
成層圏のはずれに響かせながら
鶴は飛んでゆくものだ

千羽鶴を折るな

千羽の鶴を糸で結ぶな
鶴は羽ばたくものだ
糸で結ばれた鶴ならば飛ぶことができない
つながれた鶴は飛ぶことができない

鶴を折るな
羽ばたかぬ鶴を折るな
あと一羽で千羽になる
その鶴を折るな
千羽になって願いが叶わぬなら
むしろおまえは悲しくないか
もし叶わぬなら
その悲しみは千倍になる

鶴を折るな
おしゃべりをしながら

器用な指先で心のこもらぬ鶴を折るな
折るならば
争いが起こらぬ世のために
鶴は心で折れ
千羽の鶴が万人の胸の中で
ちいさいながらも
たしかな希望となって羽ばたくように
心をこめて折れ

# 馬

優しい目をした馬が
ひとしきりいないないて死んだ
爆風でどうと倒れ
最後にぴくりと体を震わせて死んだ馬よ

愚かな人間の戦争に巻きこまれた馬が原爆で死んだ
誰にも悲しまれずに馬は死んだ
だが　馬よ
おのれの死を憐れむな

人間ですら誰にも悲しまれずに死んだのだから

軍都広島で
おまえはかつて颯爽とギャロップしていた
その雄姿を記憶している者は
おまえの死を信じない
昨日まであんなに元気だったひとびとの死を
受け入れないのと同じように
それでもおまえは死んでしまった
多くの人間たちと同じようにおまえは爆死したのだ

優しい目をした馬がひとしきりいないて
浅はかな人間たちの
愚かな戦争のせいで
ぴくりと胴体を震わせて死んだ
誰にも憐れまれずに軍都の馬は死んだのだ

おそらく　その胎内に軍港を内蔵したままで

＊馬　軍港を内臓している（北川冬彦）より

# 炎える服

あの日ヒロシマで袖が焼け焦げた
淡いベージュのワンピース
それを着ていた女《ひと》は死んで
ワンピースだけが残された

いまでは誰もその女のことを覚えていない
だがぼくには見える
日傘をさしていた
背の高い

白い皮膚の透き通った女
心労のために少しはやつれているが
それでも　張りのある皮膚の
隠しきれない若さを清楚な洋服に包んで
勤務先のオフィスに向かっていた女の姿が
ぼくにははっきり見える

あなたには見えないか
結婚してすぐに夫を戦場に見送った女の
悲しみを包んだワンピースが
そのワンピースが焦げて　おそらく
自分の不運を十分に悲しむ間もなく
その女は死んでしまったのだ

だから　あなたは忘れてはならない
ワンピースには人間が包まれていたことを

その淡いベージュの洋服に包まれていたはずの
まだ若かった人間のことを
生きるはずの歳月よりも
はるかに短い歳月しか生きられなかった
その人間の無念さを
あなたは忘れてはいけない

# 胎児

その容器から目をそらすな
そこに浮かぶホルマリンの中の胎児は
被爆胎児だ
できることなら　きみたちが
忘れてしまいたい歴史の負の遺産だ

ホルマリンの中の胎児は腐敗しない
きみたちの記憶を劣化させぬために
それはいつまでも腐敗することがない

被爆などせずに
胎児は生まれるはずだった
歴史に〈もし〉はないと言うけれど
もしあの八月の朝
原爆が落とされなければ
胎児はやがて健やかに生まれて
母のやわらかな胸に抱かれ
父と祖父母にも祝福されるはずだった

いま一度
容器から目をそらさずによく見よ
胎児はホルマリンではなく　実は
父母の涙の中に浮かんでいるのだ
薄よごれた容器のせいで
すこし飴色がかって見えるその液体は

父と母の涙なのだ
容器の中をじっと見つめれば
胎児の涙も見えてくる
平和であれば生まれてくるはずだった胎児の
父母の涙と悲しくまじり合うその涙が

# 許されざる者

I

おれの目には未来が見える
ほらあの大きな建物
あれは将来
原爆ドームと呼ばれる建物だ
グランド・ゼロの近く
建物最上部の丸屋根の
錆びた鉄骨が透けて見えるようだ

落ちよ　リトルボーイ　まっすぐに落ちよ
数十秒の後　おまえは
あの建物のすぐ近くで炸裂するだろう
この明るい朝に
もうひとつのさらに明るい朝をつくるだろう
その後で黒い雨が降るとしても

おれは空にいて　空からおまえたちを見下ろす
それはおまえたちを支配するためだ
空にいる者だけが支配できる
空からは地上がよく見える　おまえたち
地上にいるおまえたちには何も見えない

広島は空襲がなくていい街だとおまえたちは言う
何も知らないおまえたちは
空襲がないことの

真の意味を知らないおまえたちは得意げに言う
やがてやって来る不幸を知らないおまえたちは

地上からは何も見えない
おまえたちからは何も見えない
落ちよ　リトルボーイ
元安川にダイビングするように
ゆけ　リトルボーイ
おまえのミッションは落ちて爆発することだ
炸裂して光れ
そして熱をだせ

広島が世界のヒロシマに変わる瞬間を
おれはこの目で確かめる　このおれを
許されざる者と言いたければ言うがいい
おれの辞書に後悔という文字はない

おまえたちの街
原爆実験都市の壊滅を
フィルムと数値で記録し
そして未来に伝えるために
おれは空からおまえたちの街を見つめる
落ちよ　リトルボーイ
元安川に涼しげな影を落とす建物をめざして
将来原爆ドームと呼ばれることになる
あの高い建物をめざして

2

おれには未来が見える
あの建物の丸い屋根が
まるで透けて見えるようだ

わたしは見た
見てはならぬものを見た
許されざる者の許されざるしわざを

リトルボーイはまっすぐに落ちた
それは広島県産業奨励館近くの上空で爆発し
産業奨励館の丸屋根は
一瞬にして剝き出しの鉄骨になった
一億五千万キロメートル離れている太陽が
まるですぐそばで炎えているような
目も眩むほどの閃光が街をつらぬいて
それからやがて黒い雨が降った

地上からは戦闘機も搭乗員も
よくは見えなかった
空襲をしないで

そのかわり原爆を落とすなんて
そんなことは知るはずもなかった
ただ　広島は空襲のないいい街だと思っていた
わたしは本当にそう思っていたのだ

だが　わたしは見た
科学の恐ろしい破壊力を
壊滅したわたしたちの街を
許されざる者たちの残虐のかぎりを

3

いま空は青く
太田川の向こう
ドームの上におおきな雲が見える
あれはきのこ雲ではない
リトルボーイがつくった原爆雲ではない

六十四年前のあの日
起こるはずのことをわたしは知らずにいた
それが起こった後で
わたしたちは既に選ばれていたのだと知った
歴史上はじめて
原爆の洗礼を受けるために選ばれていたのだと

ヒロシマを訪れるひとびとは
平和記念資料館で
あの日の残虐な光景にであう
かれらにとってはあくまでも過去のものにすぎない光景に
だが十二歳で被爆したわたしにとって
それは過去であり
同時に現在そのものだ

わたしはこの苦しみから逃れるために
この肉体とひとびとの偏見から逃れるために
若いころ何度か
目の前にちらつく
自死の幻と戯れたことがある
だが今はそれを
密かに恥じながら生きる

かつて無知だったおのれを罰するために
そしてまた
許されざる者のしわざを裁くために
わたしは生きる　そう
それがわたしに選ばれた道だから

＊リトルボーイ　広島に投下された原子爆弾

# 署名

I

屈辱が涙をさそい　そして
涙が絶望をさそったあの日
わたしは死を望んだ
それなのに
死はわたしを望まなかった
それから　思うにわたしは
生と死の間を浮遊していたのだ

まるで海に浮かぶ月のように
何かしらあいまいな存在として

忘れようとすれば
その何倍もの力で過去に引きもどす
にくらしいほどの記憶の引力に負けて
わたしがときどき思い出したのは
あの日のことだ

2

いちどまとまった縁談が
被爆のせいで破談になった日から半世紀
誰にも抱かれることのなかった自分の体を
わたしは両腕できつく抱きしめる
わたしを慈しむのは結局わたしだけだと
そう思う悲しみのなかで

悲しみそのものを抱きしめる

わたしは過去を振り返らない
過去もわたしを振り返らない
見渡す限りの瓦礫を
いまさら振り返ったとて何になろう
わたしはただ　人間の愚かさがもたらした
ヒロシマの廃墟より大きな
わたしの心の廃墟を見つめる

そしていまでも
わたしはまだヒロシマで
腰をいくらか曲げながら外出する
八月が近づけば
核廃絶の署名も集めねばならぬ
重い腰を上げねばならぬ

生きるのは辛いとわたしは言わない
死んだひとびとはもっと辛かったはずだから
原爆で死んだひとびとの無念さを
背負って生きるのが自分の務めだと
自らに言い聞かせながら
わたしは署名を訴える

署名をお願いします
もう一人の〈わたし〉をつくらないために
あなたが〈わたし〉にならないために

# 悲哀

悲しみの錘《おもり》を垂らして
ひとびとは歩く
地球の中心にその錘を垂らしながら
ひとびとは首《こうべ》を垂れて歩く
深い傷を体と心にかかえ
涙をおさえることもなく

やがて
地球の中心には悲しみが溜まる

そこには涙の地底湖ができる

ああ　あなたの心の底にも
涙の湖はないか
ひとは誰でも
そのような湖をもっているものだ
悲しみが涙になり
涙が溜まってできる湖を

実を言うと　ヒロシマには
とりわけ大きな地底湖がある
グランド・ゼロの地底に
ひとびとが
六十四年間流した涙を湛える
深くて大きな地底湖があるのだ

# Discrimination

わたしに罪はない　なのに
それを告白したために恋人は去った
結婚二ヶ月目の夫は困惑して不機嫌に黙った
まるで被爆したわたしに罪があるように
かれらは去り　沈黙した

思いもよらぬ被爆の後　しばらくして
ひとびとの視線がわたしに注がれた
そしてそれは

わたしが見破られはしないかと恐れる
原爆症の兆候に突き刺さった
わたしが本当に恐れ始めたのはそのときだ

同情はいらない
もはや同情は望まない
ただ　八月五日まで
わたしがごく普通の少女だったことを
誰にでも好かれる快活な女学生だったことを
思い出してくれればそれでいい

それなのに　原爆の熱と光が
わたしを襲った後のひとびとの視線
注がれるその視線をわたしは感じつづける
おそらく悪意ではないが　それでもやはり
それは差別の視線だ

差別するまいと思う心の中に
差別はすでに生まれている
そう考えるのは善意のひとだ
多くのひとは
差別し差別されることの
大いなる背理を感じない
単に自分が被爆しなかったというだけで

だからそれを
つまり　被爆の事実を
告白するには勇気がいる
それでもわたしは告白し
それから　ひとびとに告げたい
このちっぽけな惑星のひとびと
世界中の被爆予備軍に告げたい

戦争はするな
戦争は悲しみと憎しみ　それに
差別を生むだけだと

＊discrimination　差別

# Ⅱ　ナガサキ

# ナガサキ

群青色に光るナガサキの港
蝶々夫人がアメリカ人の夫の帰りを待ちわびた
その港が見える丘で
天主堂のステンドグラスが割れ
描かれた天使は羽をつけたまま墜落した
街中の家屋は倒れ　そして燃え
ひとびとは一瞬の光と熱に斃れた
街は巨大な火葬場と化した

八月になると　今でも
ナガサキは寒さに震える
記憶の底に潜むおそろしい冷たさが
酷暑の夏を凍らせる

八月のあの日　雲の間から
一瞬青空が見えなかったら
ナガサキの街は瓦礫にならずにすんだはずだ
ひとびとは死なずにすみ
原爆症にならずにすんだはずだ

だがぼくは知っている　あのとき
空は青かったのではない
空は蒼ざめていたのだ
やがて来る恐怖のために蒼ざめていたのだ

そして　ぼくは知ってしまった
人が最も残酷な動物であることを
それゆえにかれらが原爆をつくり投下したことを

ぼくらも残酷さではかれらに劣らなかった
人として恥ずべきことも多くした　だが
どんなに遅すぎたとしてもともかく
ぼくらはそのことに気づいた
戦争が終わってやっとぼくらは
まともな〈人間〉になろうとしたのだ

ぼくはきみたちにそっと教えてあげよう
ナガサキの街ではまず
永井隆博士が〈人間〉になり
それからみんな少しずつ〈人間〉になったと

# 時計

位置をもたぬ時間が
その位置を定めようとして文字盤に記す時刻
方形の柱時計がささげもつ文字盤に
時が刻まれる　それから
時間は止まる
ナガサキ　十一時二分
一九四五年八月九日午前のことだ

ヒロシマで止まった時間が

短い喪の後でナガサキでも止まった
すべての形あるものは燃え
すべての形あるものはくずれ
あるいは変形し
形のない時間は
仏壇の隣のひしゃげた柱時計の文字盤に
二本の針でVを記した
むろん勝利のサインではない
それは十一時二分
世界がふたたび喪に服した印だ

わたしには聞こえる
人間でいうならば心臓の鼓動
柱時計の振り子の音が
わたしには聞こえる
振り子はわたしの心のなかで

正確に揺れつづける
そうして時計は　今でも
十一時二分を指しながら
六十余年の時を刻んでいるのだ

# 乳房

闇の中で
妻の寝息が聞こえるように
耳を近づけ　それから
その脈がまだ拍動していることを確かめるために
わたしは妻の細い手首に親指を乗せ
乗せたままわたしも寝ようとする
妻が死ぬのはもはや覚悟のうえで

真っ暗な防空壕の片隅

二人の幼子はすでに息絶えた
妻はときどきその幼子の名を呼び　それから
乳房が張って痛いよう痛いようと叫ぶ
傷ついた頭や手足ではなく
乳房が痛いと叫ぶ
子供が死んでも
母親の乳は止まらないのだ

　吸ってください　わたしのお乳を
　あなたお願いします　ああ痛い

ためらいながらわたしは
すこし焦げた妻の着物をはだける
闇のなかに浮かぶ白い乳房
わたしはそっと乳首に唇を触れ
静かにいとおしみながらそれを吸う

まるで体内の毒をぜんぶ吸い出すかのように
それでもまだ　妻は低く叫ぶ

　もっと吸ってちょうだい　おっぱいを
　お願いあなた　ああ痛いよう

結婚して五年
わたしはまだ若い二十五歳の妻の乳房を
初めて抱いた五年前の夜のように
優しく愛撫し
柔らかくもみほぐしながら吸う
すでにためらいはなく
涙をこらえながらわたしはただ
死ぬな　死ぬなと心の中で叫ぶ

やがて来る朝の数歩手前

闇がもっともその密度を濃くするとき
妻の脈拍はしだいに弱まり
痛いよう痛いようという叫びはもはやない
死の前に
乳房の痛みはすでに敗北したのだ

すべてを失ってわたしは
きのうナガサキの街を支配した
火と熱のすさまじさを思い出す
妻と二人の幼子はかえらず
妻の叫びはいまでも耳に残っている

（吸ってください　わたしのお乳を
お願いします　ああ痛い
痛いよう　あなた痛いよう）

# 溶けた六本の瓶

深いみどりの
うずくまる六本の瓶
熱線に溶けて
六本の瓶は肩を組み合い
予期せぬ不運に耐えようとする
そうしてひとつのモニュメントになる
だがしかし
それはただの呪われた造型にすぎない

溶けて固まった六本の瓶
肩を組みながらうずくまる
深いみどりの
腕のような六本の瓶
国防の意志を誇示するかのように
あるいはまた
さながら亡国の恨みに耐えるかのように
じっとうずくまる六本の瓶たち

被爆して　街の路上に
焼けただれて横たわる人間の写真なら
とても凝視に耐えられない
だがこの溶けた瓶ならば
じっと見ていることができる

長崎原爆資料館の

ほの明るい展示室で
ひとは六本の瓶に出合う
目を覆いたくなるような
多くの悲惨で残虐な展示物のなかに
ひとは六本の溶けた瓶を見つける
深いみどりの
不思議にひとの心をひきつける瓶を

だがよく見れば
その硝子の瓶には
文明の不幸が隠されているのだ
科学が生み出した原爆の熱が
冷えて恐怖の形に凍りついたままで

# 空が晴れたために

青空が一瞬
雲の切れ間からのぞいたために
原爆が落とされた
八月のあの日
ナガサキ　わたしの街に

空が晴れると悲しみに遭うのなら
ナガサキ　わたしの街よ
空をいつでも曇らせておこう

原爆は晴れた空から落ちてくる
それなら空は曇らせておこう
巨大な火柱をつくらせないために
わたしの街　ナガサキを
ふたたび悲しませないために

ひとよ　わたしの心には雨が降るのだ
空が晴れると
わたしの心は涙で濡れるのだ

空が一瞬晴れたために
原爆が落とされたのだから
空はいつでも曇らせておこう

世界のひとよ

八月の晴れた日には
いつでも
わたしの街　ナガサキを思え
そして　核がなくなれば
わたしの心がいくらか晴れることを思え

# 監視兵

わたしは監視兵
空襲警報のために
空を監視する兵士だった

あの朝　わたしはいつものように
警報を解除した後で
監視所の建物から梯子で降りた

勤務を終えてほっとしながら
帯剣をはずし　上着を脱ごうとして
金のボタンに触れたその瞬間

ボタンに浴びた閃光が
わたしの体をつらぬき　それから
わたしの背後の建物の
板壁のコールタールが溶けて
わたしの体はそこに影となって焼きついた

焼きついて動かぬわたしの影
動くことのない
歴史に刻まれたわたしの影は
原爆資料館の中でひとびとに監視される

わたしは監視兵
いまでは影になって
ひとびとに監視される兵士だ

＊「監視兵の影」（長崎原爆資料館蔵）

# 浦上のマリア

わたしの目から涙は流れない
驚きのために叫ぼうとした口を
思わず閉じようとしたそのとき
わたしの目は焼かれてしまった
原爆の熱で
人間の体温の百倍の熱で

それゆえ　わたしの目から
涙は流れない
目を失ったわたしは涙を流せない

このすさまじい惨劇を前にしても

失われた目でわたしは見つめる
浦上の丘からナガサキの街を見つめる
なにも見えはしないが
それでも人間の愚かさだけはわかる

わたしの二千年の祈りは
むなしく空に響く
この失意の丘に立って　わたしは
いま神の名を呼ぶ
この日本で
このナガサキの浦上で
失った目のことも忘れてわたしは祈る
ああ神よ
神よ　ああ

# 涙

眼球につながる細い川の支流
歓びと悲しみが交錯する涙腺のほとりで
ひとびとは深く嘆息する
涙腺に送られるのは悲しみのシグナルだけだと

虹彩の背後から世界を見つめる
透明な膜　水晶体に映る
熱でゆがんだ街よ
兵器工場は平和をつくらず

天主堂に神は不在で
隠れキリシタンもいまや隠れるすべなく
それでも祈りはつづくのだ

アンジェラスの鐘鳴り渡り
ロザリオの祈りは
空しくオランダ坂に響く
その時ひとびとは再び嘆息する
残るのは悲しみだけだ　それなのに
涙は出ないのだと

熱でゆがんだナガサキの街
悲しみだけが澱む浦上の丘で
ひとびとは問う

　ぼくらは何か過ちを犯しただろうか

神よ　ぼくらは悪をなしただろうか

その問いに答えはなく
水晶体に映る焦熱地獄のなかで
ただ悲しむより他に手立てはない
それなのに
不思議にも涙は涙腺を濡らさず
破壊された天主堂の奥深く
焼け焦げたマリアの像を見つめながら
ひとびとはやっと気づく
あまりにも大きな絶望の前では
ひとは悲しくても涙は出ないものだと

# ピアノ

わたしに最後に触れたのは
愛らしい少女の指だった
その指の温もりを
わたしの鍵盤は
いまでもしっかり記憶している
けれども
少女の行方は分からない
あの八月の朝の狂気の瞬間から

わたしを焼いた熱
その熱でできたやけどの痕は
人間ならばケロイドと呼ばれるものだ　だが
私にはすでにその痕跡はない
修復されたわたしはときどき
自分が被爆したことさえ忘れてしまう

それでも　わたしは忘却しない
あの時わたしのまわりで死んでいった
多くの人間たちの
まるでオラショのようなうめき声を
そして
やさしく弾いた少女の
細くしなやかな指の温もり
人間の温もりを
わたしの鍵盤はいつまでも忘れない

だから過去から学び
それを未来につなげようとするひとは
わたしに触れてみるがいい
絶望から希望へと連なってゆく
悲しみから生きる喜びへとつづいてゆく
ひとつの旋律を奏でるために
このわたし　被爆したピアノの鍵盤に
そっと触れてみるがいい

わたしはピアノ
奏でられるはずの
そのひとつの旋律のために
存在しつづける被爆ピアノだ

＊オラショ　隠れキリシタンの祈禱

# Ⅲ　二都物語

# 死児

幼子が死ぬと
その死を悲しんで世界が喪に服する
そうしなければ幼子は死にきれない

原爆で死んだのはむろん幼子だけではない
それなのに　幼子の死は悲しい
生きるべき歳月を生きなかったために
大人たちの愚かさに気づかなかったために
愛されるべき人に十分に愛されなかったために

幼子の死はことさらに悲しい

死児は語らない　それでも
時とともに死児も年をとる
そして　母は孤独に老いる
夏でもブラウスの下に
ふるいやけどの痕を隠しながら母は生きる

生きる母の胸にはいまでも
産着に包まれたままの死児
六十四歳の死児が抱かれている
ヒロシマとナガサキの母の胸に
死児はひっそりと眠っている

# 二世

子供が生まれるたびに
わたしは歓びと不安の狭間で揺れた
二世が誕生するたびに
被爆二世であるわが子が生まれるたびに

産むことには苦しみがともなう
不安とリスクを抱えながら
それでも　親ならば誰でも
苦しみつつも産みたいと思う

たとえ被爆二世と呼ばれようとも
産みたいと思う親の気持ちは同じものだ

幸いなことに
子供たちは三人無事に成人したが
結婚して流産を繰り返していた長女から
八月に出産するという知らせがあり
わたしはあのときの不安をいま再び思い出す
孫が生まれる歓びとともに
被爆三世と呼ばれることになる孫が
生まれてくるという現実の前で

原爆の怖さについて問われたら
わたしはためらわず
それは永続性だと答えよう
親から子へ　子から孫へ

おそらく幾世代かにわたって被爆者を苦しめる
不安の永続性だとわたしは答えよう

だがわたしは
不安の永続性と答えてすぐに
その言葉がひとびとに与える衝撃を密かに恐れる
ひとびとの間で
〈不安の永続性〉が惹起する誤解を恐れる

それならわたしは沈黙するべきだろうか
ヒロシマとナガサキの被爆者は
沈黙し　そして
その言葉を自分の胸に封印するべきだろうか

そう思うたびに
わたしは心の中で

小さなちいさな爆弾を
つまり　怒りを
爆発させてしまうのだ

# 記憶する皮膚

悲しいのは
皮膚がただれたことではない
そうではなく　むしろ
心がすさんだことが悲しい

わたしはあのとき
街に空が墜ちてきたとき
原爆の存在を知らず
ただ強い熱線で気を失った

明るすぎるものの狂気と
腕と鼻孔から流れる血を感じながら

だから
熱すぎるものはいや
明るすぎるものはいや
流れる血を見るのもいや

その時にできた
この首と腕のやけどの痕はわたしのもの
でもそれはあなたのものであったかも知れない
それ位の想像力がなければ
人類の不幸はまだまだ続くだろう　そして
わたしのやけどから学ばぬ者たちは
未来に復讐されるだろう
もしかれらに未来があるとして

あなたは知っているだろうか
わたしの耳
それはかつて貝殻のように輝く耳であり
わたしの皮膚
それは湯に溶けた片栗粉のように
うつくしく透き通った皮膚だった

わたしは今
鏡に映る右半身が見えぬように
やや左に顔を向けて立つ
鏡ですらわたしを辱めるから
鏡ですらわたしを打ちのめすから

　だから　わたしを映すものはいや
　八月のあの日を思い出させるものはいや

あの日　グリルの上のチキンのように
　熱く焼かれた思い出はいや

形あるものとして生まれたためにわたしは壊された
壊れたわたしをあなたは笑うな　そして
わたしの首と腕のやけどの痕に
さらにその奥にある
わたしの心のやけどに触れるな

悲しいのは
皮膚がただれたことではない
心がすさんだこと
そのことが悲しいのだ

# 二重被爆

わたしは二度原爆を見てしまった
ヒロシマで一度
その三日後　ナガサキで
信じ難いだろうが
わたしは二度被爆したのだ

夜行列車で長崎に向かったわたしは
浦上駅を過ぎて間もなく
汽車の中で二度目の原爆に遭った

癌で死亡した叔父の葬儀は中止になり
かわってナガサキの街全体が
ひとつの巨大な火葬場と化した
死体は野外で焼かれ
夜には鬼火が青白く光り
昼の火葬場が
夜にはさながら墓地となった

リトルボーイとファットマン
この二人の男たちに
わたしは選ばれてしまった　それから
やけどの痕と悲しみとともに
わたしは六十余年を生きてきた
生きていて楽しかったことはほとんどないけれど

それでも

ひとは言うだろうか
二度も被爆しながら
生き残った〈あなた〉は幸運だと
死んでしまった人たちに比べれば
〈あなた〉は幸せなのだと

それならばわたしも言おう
二つの街で
親と祖父母と兄弟姉妹　それに
親戚と多くの友人たちを
失ったわたしが幸運なのかと
原爆症をかかえて生きる
このわたしが幸せなのかと

死者たちは語らない
被爆者たちも多くを語らない

だからひとびとは
生き残った者は幸せだと誤解するのだ

だが
被爆者に幸せはない
まして
二重被爆者に
地獄を二度見たものに
ほんとうの幸せはない

＊ファットマン　長崎に投下された原子爆弾

# 二都物語

I

選ばれた西方の二つの都市
ヒロシマ・ナガサキ
右の頬ヒロシマを打たれた後で
左の頬ナガサキを差し出したぼくらの祖国
あわれな聖戦の最後に
生贄として捧げられた二つの都市よ

廃墟という言葉は
ぼくらの知らぬ間に
周到に準備されたものだった
ヒロシマ・ナガサキ
この二つの都市のために

一瞬にして
すなわち文字通り
一回の瞬《まばた》きのあいだに
美しい二つの街は壊滅した
およそ七十五時間を経て
二つの街は廃墟と化した

2

歴史をたどれば
広島・長崎両県は

隠れキリシタンによって
一本の糸で結ばれていた
江戸が明治に改まるころ
浦上四番崩れ《よんばんくず》の激しい弾圧の後で
長崎の隠れキリシタンたちが
萩や津和野のほかに　福山にも流されたのだ

それからずっと
浦上四番崩れで襲われた秘密聖堂から
原爆で破壊され
やがて再建される天主堂の苦難の道のりを
浦上の聖母マリアは見つめてきた

ああ　そしてこれは幻聴だろうか
福山に流されたキリシタンたちの
オラショの祈りがいま聞こえてくるようだ

それはヒロシマの被爆者の祈りとともに
懐かしい通奏低音となって
瀬戸内と天草の海を渡ってくるようだ

3

二つの都市を結ぶほそい運命の糸
それをぼくらが信じようと信じまいと
八月六日と九日はめぐってくる
ヒロシマとナガサキにそれぞれ
原爆忌はめぐってくる
だがそれにしても
一つでさえ十分に悲しいのに
二つの原爆忌をもつ国は悲しすぎる

だから　忘れてはいけない
運命にもてあそばれ

生贄として捧げられた西方の二つの都市の
そのあまりにも不条理な物語を

＊浦上四番崩れ　浦上秘密聖堂の隠れキリシタンに対する江戸幕府の弾圧（一八六七年）

# あとがき

これは私の二冊目の詩集である。

今回、原爆という重いテーマに向き合って私が強く感じたのは、〈人間〉の倨傲と本質的な愚かさであった。この〈人間〉の中に、私自身も含まれるのは否定しがたい。

ヒロシマとナガサキは廃墟からみごとに甦った。しかしながら、被爆者たちの苦難は今でもつづいている。そのことを私は忘れない。そしてさらに、私たちすべてが実はこの世界で、被爆予備軍として生きていることに思いをめぐらせたい。私たちに必要なのは、ほんの少しの想像力である。

詩集『直立歩行』につづき、思潮社の小田久郎氏には、今回も大きな励ましをいただきました。厚くお礼申し上げます。また、編集部の藤井一乃さんと和泉紗理さんにも、前回にひきつづき大変お世話になりました。感謝致します。

斎藤紘二

斎藤紘二（さいとう　ひろじ）
一九四三年　樺太に生まれる
　　　　　東北大学法学部卒業
二〇〇六年　『直立歩行』（思潮社）
二〇〇七年　『直立歩行』にて第四〇回小熊秀雄賞受賞

二都物語《にとものがたり》

著者
斎藤紘二《さいとうひろじ》

発行者
小田久郎

発行所
株式会社思潮社
〒一六二―〇八四二　東京都新宿区市谷砂土原町三―十五
電話〇三（三二六七）八一五三（営業）・八一四一（編集）
FAX〇三（三二六七）八一四二

印刷
三報社印刷株式会社

製本
誠製本株式会社

発行日
二〇〇九年八月三十一日